CHANCHO

el RICO

PERROS ESTRELLAS
FOTOGRAFÍA DE MASCOTAS
Recuerdos invaluables a precios muy bajos

SESIÓN DE FOTOS
ASISTENCIA

LLAMADO: 9:00 am

ESTRELLA #1: Chancho (Pug)

ESTRELLA #2: ~~Tomás (Salchicha)~~

CHANCHO CHANCHO
CHANCHO CHANCHO.

Al querido reparto del año 1999.
Lo siento mucho…

CHANCHO

Aaron Blabey

SCHOLASTIC INC.

Chancho era un pug
que ADORABA llamar la atención.
Me duele en el alma decirlo,
pero creía ser la gran sensación.

Muchas veces gritaba: —¡MÍRENME!
¡Soy el MEJOR!
¡Soy simplemente GENIAL!

Hasta que un buen día
las cosas le salieron mal…

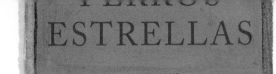

Chancho y su amigo Tomás
estaban en una sesión de fotos.

Se probaron muchos disfraces.

Se veían muy monos.

—Señor fotógrafo
—dijo Tomás—,
¿qué le parece
si poso aquí?

EL REY DEL ROCK AND ROLL

Pero Chancho lo empujó,
gritando:

—¡NO,
MÍREME
A MÍ!

—¿No soy fabuloso?

¿No soy espectacular?

¡Sal de aquí, Salami!
¡Ocupas mucho espacio!
¡Me vas a ASFIXIAR!

Sí, Chancho dominaba las fotos.

Acaparaba el escenario.

Mientras a Tomás le susurraba:
—Eres un actor secundario.

Chancho saltaba y bailaba,
y cuando la cámara hacía CHAS,
en un segundo se transformaba…

 en un cantante de RAP.

—¡YO!

¡Soy la estrella!

Sí, perros…
¡Soy MAJESTUOSO!

¡Tráeme una rosquilla, larguirucho apestoso!

Pero, en ese instante,
ocurrió algo inolvidable.
El fotógrafo dijo de repente…

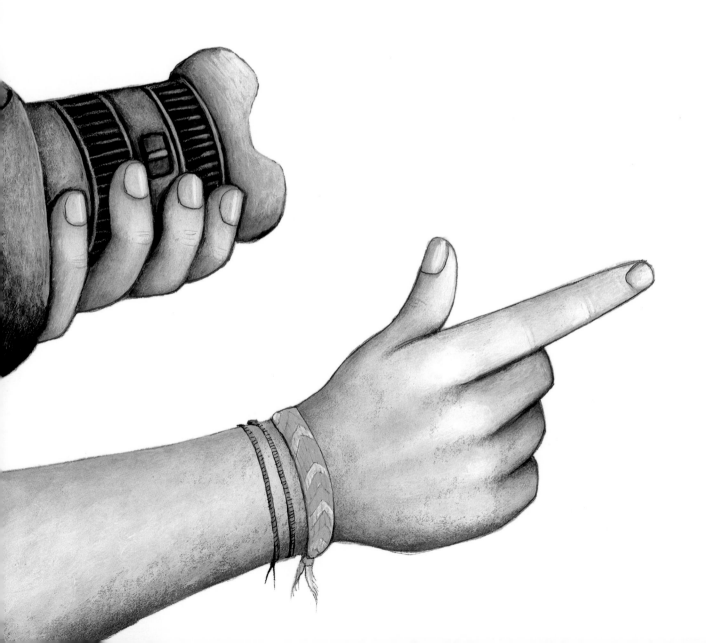

—¡Ese perro es ADORABLE!

—¡Sí, Tomás es una

ESTRELLA!

—añadió, emocionado.

¡Chancho casi se desmaya!

Tomás lo había TRAICIONADO.

—¡YO
SOY
LA ESTRELLA!

—chilló, pateando a Tomás.

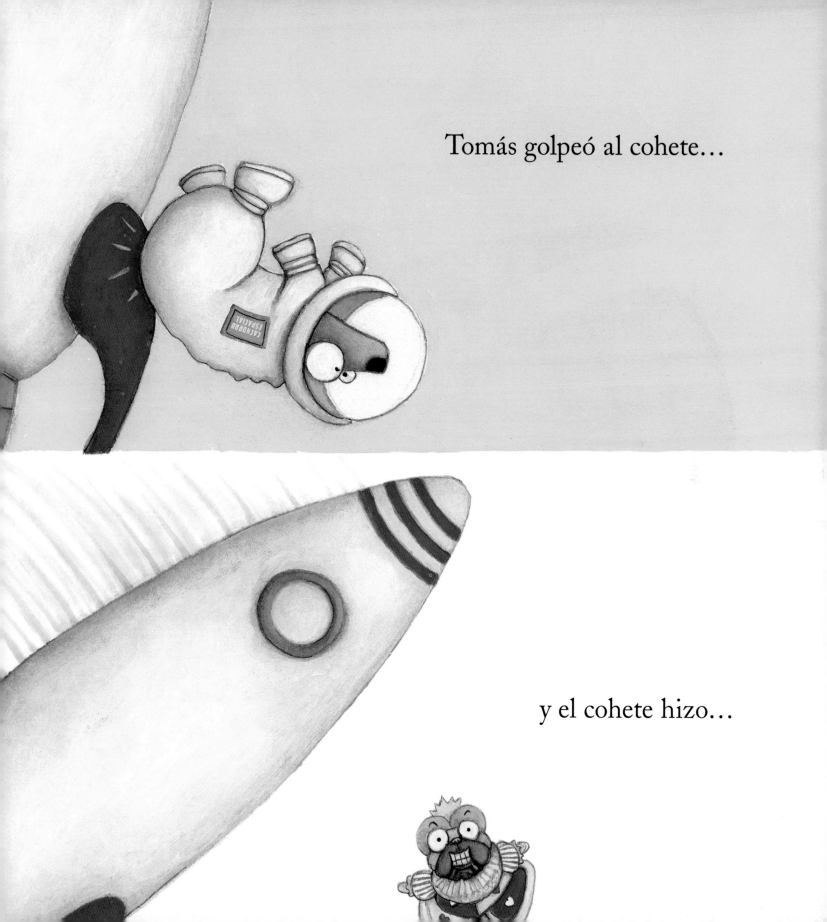

Tomás golpeó al cohete…

y el cohete hizo…

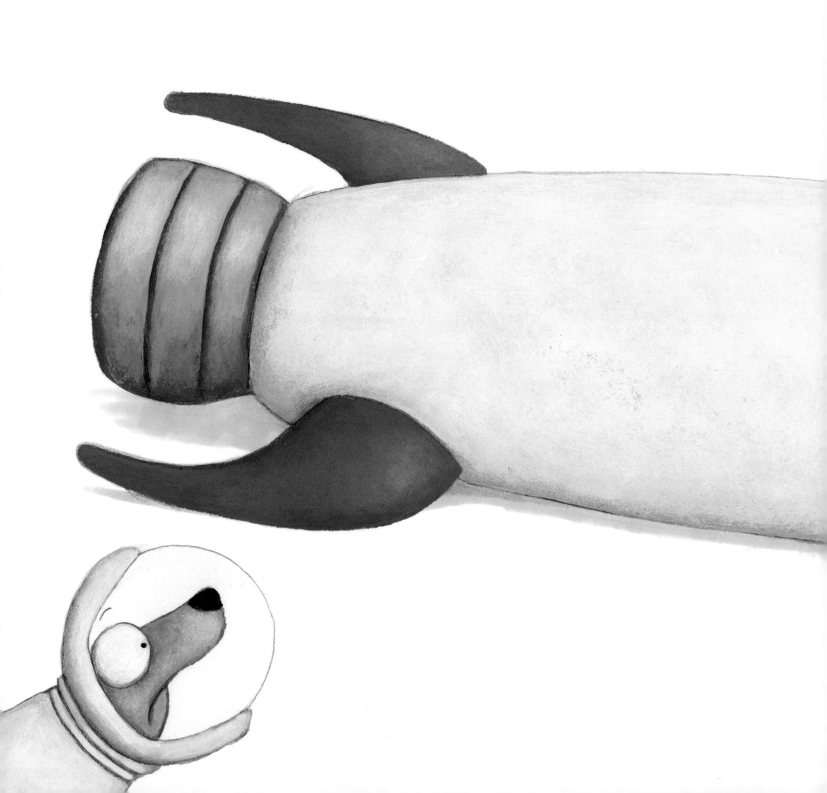

¡PLAS!

Ahora nada es como antes.
Todo está muy cambiado.
Chancho se porta bien.
Ya no es un perro malcriado.

Dejó de ser tan fanfarrón.
Dejó de ser tan mentecato.
Y, aunque no lo hace feliz…

le concede a Tomás el estrellato.